卡夫卡
說故事

娃娃旅行記

獻給索妮雅和安雅・胡賽恩。
— L.T.

獻給我的朋友，葛瑞格・歐伯里。
— B.G.

Flying 003

卡夫卡說故事：娃娃旅行記

文｜樂瑞莎・圖里 Larissa Theule　圖｜蕾貝卡・格林 Rebecca Green　譯｜海狗房東

字畝文化創意有限公司

社長兼總編輯｜馮季眉	出　　版｜字畝文化創意有限公司／遠足文化事業股份有限公司
責任編輯｜戴鈺娟	發　　行｜遠足文化事業股份有限公司（讀書共和國出版集團）
主　編｜許雅筑、鄭倖伃	地　　址｜231 新北市新店區民權路108-2號9樓
編　輯｜陳心方、李培如	電　　話｜(02)2218-1417
美術設計｜蕭雅慧	傳　　真｜(02)8667-1065
	客服信箱｜service@bookrep.com.tw
	網路書店｜www.bookrep.com.tw
	團體訂購請洽業務部(02)2218-1417分機1124
	法律顧問｜華洋法律事務所　蘇文生律師
	印　　製｜中原造像股份有限公司

2022年7月　初版一刷　　　2023年11月　初版三刷
定價｜350元　書號｜XBFY0003　ISBN｜978-626-7069-82-0

國家圖書館出版品預行編目(CIP)資料

卡夫卡說故事：娃娃旅行記/樂瑞莎.圖里(Larissa
Theule)文；蕾貝卡.格林(Rebecca　Green)圖；海
狗房東譯. -- 初版. -- 新北市：字畝文化創意有限公
司出版：遠足文化事業股份有限公司發行, 2022.07
48 面；21.3×26.3 公分
譯自：Kafka and the doll.
ISBN 978-626-7069-82-0（精裝）

874.599　　　　　　　　　　　　111008648

特別聲明：有關本書中的言論內容，不代表本公司／
出版集團之立場與意見，文責由作者自行承擔。

卡夫卡說故事

娃娃旅行記

Kafka and the Doll

文 樂瑞莎・圖里　　圖 蕾貝卡・格林
LARISSA THEULE　　REBECCA GREEN

譯 海狗房東

一個秋日裡，作家法蘭茲・卡夫卡和朵拉・迪亞曼特，一起散步穿過柏林的一座公園。卡夫卡提著一個籃子，裡面有馬鈴薯和一罐牛奶；他的帽子戴得整整齊齊，一邊走一邊沉思著兩件事情：他絞盡腦汁要收尾的故事，以及午餐。

他踏過落葉，拉了拉襯衫的領口，
並停下腳步，用手帕摀著嘴咳嗽。

這時，有個女孩站在路旁哭泣。

卡夫卡問:「為什麼掉眼淚呀?」

「我的娃娃不見了。」女孩說。

「原來如此……」卡夫卡說:「她叫什麼名字?」

「西西。」

「那你呢?」

「伊兒瑪。」

卡夫卡點點頭，他說：
「在我看來，你的西西
不是不見，而是去
旅行了。娃娃都喜
歡這樣。而且，
她還寫了一封信
給你。」
伊兒瑪皺著眉頭
說：「信在哪裡？」

「在我家，放在我的大衣口袋裡。」卡夫卡說：「你知道嗎？
我其實是一名志工郵差。明天我再把那封信帶來給你。
現在，我要去吃午餐。」
伊兒瑪的眉頭皺得更緊了。
卡夫卡說：「如果你這麼想知
道的話，我的午餐是馬鈴薯。」

隔天，伊兒瑪在公園
同一個地方等待，而
卡夫卡送來了那封信。

1923年10月23日

親愛的伊兒瑪，請原諒我沒有說再見。
那輛腳踏車經過的時候，籃子是空的，
我沒有多想就跳了進去；你也知道，
我一向喜歡探險，請不要生我的氣。
我正搭上一班火車，準備要去遠足。
這裡的空氣聞起來就像你媽媽愛的
那些花，不過我永遠記不得它們的
名字。

你一直在我的心中。

西西

「怎麼樣啊？」卡夫卡問。

「她去遠足了。」

卡夫卡點點頭：「現在是一年之中最適合遠足的好時機。她會再寫信來的，去旅行的人都喜歡分享他們的所見所聞。」

「如何？」卡夫卡問。
「她一路登上最高點。」
「真厲害。」

1923年10月25日

哈囉，我到巴黎了唷！我吃好多可頌，早餐、午餐、晚餐都吃。其實在離開柏林之後，我就只挑那些能讓我感到開心的食物吃。如果我能吃到薄荷棒棒糖，怎麼會再看胡蘿蔔棒一眼？如果我能吃到法式烤布蕾，一碗豆子又怎麼能引起我的食慾呢？

你一直在我的心中。

西西

「我看不懂這張圖。」伊-兒瑪說。卡夫卡
仔細看了看那張明信片:「這顯然就
是鄉村, 這裡有一間小農舍和
一隻山羊。」伊-兒瑪拿回明信片,
「那是兔子, 不是山羊。」
「沒錯,」卡夫卡回答:
「我現在看出來了。」

之ㄓ後ㄏㄡˋ，西ㄒㄧ西ㄒㄧ旅ㄌㄩˇ行ㄒㄧㄥˊ到ㄉㄠˋ英ㄧㄥ國ㄍㄨㄛˊ，和ㄏㄜˊ小ㄒㄧㄠˇ兔ㄊㄨˋ彼ㄅㄧˇ得ㄉㄜˊ一一起ㄑㄧˇ喝ㄏㄜ下ㄒㄧㄚˋ午ㄨˇ茶ㄔㄚˊ。

她ㄊㄚ還ㄏㄞˊ在ㄗㄞˋ巴ㄅㄚ塞ㄙㄞˋ隆ㄌㄨㄥˊ納ㄋㄚˋ跟ㄍㄣ高ㄍㄠ第ㄉㄧˋ一一起ㄑㄧˇ散ㄙㄢˋ步ㄅㄨˋ。
高ㄍㄠ第ㄉㄧˋ知ㄓ道ㄉㄠˋ很ㄏㄣˇ多ㄉㄨㄛ關ㄍㄨㄢ於ㄩˊ建ㄐㄧㄢˋ築ㄓㄨˊ的ㄉㄜ美ㄇㄟˇ妙ㄇㄧㄠˋ。

也ᵉ在ᵗᵃᵘ摩ᵐᵘ洛ˡᵘᵒ哥ᵍᵉ享ˣⁱᵃⁿᵍ用ʸᵘⁿ熱ʳᵉ呼ʰᵘ呼ʰᵘ的ᵈᵉ甜ᵗⁱᵃⁿ甜ᵗⁱᵃⁿ圈ᵠᵘᵃⁿ和ʰᵉ薄ᵇᵒ荷ʰᵉ茶ᶜʰᵃ。
她ᵗᵃ試ˢʰⁱ著ᵗᵉ要ʸᵃᵒ騎ᵠⁱ駱ˡᵘᵒ駝ᵗᵘᵒ，卻ᵠᵘᵉ不ᵇᵘ知ᶻʰⁱ道ᵈᵃᵒ該ᵍᵃⁱ怎ᶻᵉⁿ麼ᵐᵉ做ᶻᵘᵒ；
駱ˡᵘᵒ駝ᵗᵘᵒ對ᵈᵘⁱ她ᵗᵃ吐ᵗᵘ口ᵏᵒᵘ水ˢʰᵘⁱ，還ʰᵃⁱ好ʰᵃᵒ她ᵗᵃ順ˢʰᵘⁿ利ˡⁱ躲ᵈᵘᵒ開ᵏᵃⁱ了ˡᵉ。

她在埃及參觀金字塔，驚嘆那兒的美景如此廣大遼闊，腳下的沙地無限延伸。她在寫給伊兒瑪的信中提到她感到「有點心痛」，讓她知道自己的心在不斷長大。

西西每到一個地點都會寫信，但是信卻愈來愈短。

1923年11月8日

我最親愛的伊兒瑪，我和新朋友一起搭船遊尼羅河。他們教我說阿拉伯語，我也教他們說德語。Salam——願你平安！

西

「為什麼這麼不開心呀？」卡夫卡問。

「我從頭到腳都在長大，」伊-兒-瑪說：

「媽媽說我需要一雙新鞋。」

卡夫卡仔細看著自己的鞋子說：「我的這雙還可以穿。」

秋風捲起他們腳邊的落葉。

卡夫卡拿出他的手帕。

「我爺爺也會這樣咳嗽。」伊-兒瑪說：「怎麼都好不了。」

有_{ㄧㄡˇ}一_ㄧ天_{ㄊㄧㄢ}，卡_{ㄎㄚˇ}夫_{ㄈㄨ}卡_{ㄎㄚˇ}沒_{ㄇㄟˊ}有_{ㄧㄡˇ}上_{ㄕㄤˋ}市_{ㄕˋ}場_{ㄔㄤˇ}，
所_{ㄙㄨㄛˇ}以_{ㄧˇ}，他_{ㄊㄚ}也_{ㄧㄝˇ}沒_{ㄇㄟˊ}有_{ㄧㄡˇ}經_{ㄐㄧㄥ}過_{ㄍㄨㄛˋ}公_{ㄍㄨㄥ}園_{ㄩㄢˊ}。

伊兒瑪等啊等。

然後走回家。

她再次等待。

然後再次走回家。

「卡ㄎㄚˇ夫ㄈㄨ卡ㄎㄚˇ先ㄒㄧㄢ生ㄕㄥ為ㄨㄟˋ什ㄕㄣˊ麼ㄇㄜ都ㄉㄡ沒ㄇㄟˊ有ㄧㄡˇ來ㄌㄞˊ？」伊ㄧ兒ㄦˊ瑪ㄇㄚˇ追ㄓㄨㄟ問ㄨㄣˋ。

「他ㄊㄚ頭ㄊㄡˊ痛ㄊㄨㄥˋ，從ㄘㄨㄥˊ眼ㄧㄢˇ睛ㄐㄧㄥ後ㄏㄡˋ面ㄇㄧㄢˋ開ㄎㄞ始ㄕˇ痛ㄊㄨㄥˋ，怎ㄗㄣˇ麼ㄇㄜ都ㄉㄡ好ㄏㄠˇ不ㄅㄨˊ了ㄌㄜ。」

朵ㄉㄨㄛˇ拉ㄌㄚ說ㄕㄨㄛ：「不ㄅㄨˊ過ㄍㄨㄛˋ，他ㄊㄚ可ㄎㄜˇ沒ㄇㄟˊ忘ㄨㄤˋ了ㄌㄜ當ㄉㄤ郵ㄧㄡˊ差ㄔㄞ的ㄉㄜ責ㄗㄜˊ任ㄖㄣˋ。

你ㄋㄧˇ有ㄧㄡˇ一ㄧ封ㄈㄥ信ㄒㄧㄣˋ，是ㄕˋ西ㄒㄧ西ㄒㄧ寄ㄐㄧˋ來ㄌㄞˊ的ㄉㄜ。」

「你在。」
伊兒瑪小聲說。

「你的臉色好蒼白。」伊兒瑪說。
卡夫卡微笑著說：「什麼都逃不過你的眼睛。」
伊兒瑪猶豫的伸出手，她有預感這是最後一封信了。

1923年11月12日

我最親愛的伊兒瑪，我已經報名參加一場
遠征考察，目的地是南極荒涼的盡頭。
這趟旅程會很漫長且艱難，我得負責用
十字鎬破冰，好讓船隻可以通過。
我恐怕沒辦法再寫信給你，所以，
我該跟你道別了。
你很有膽量，也很勇敢，能夠成為你心愛
的娃娃，這段日子以來，我感到非常驕傲。

你一直在我的心中。

你的西西

伊-兒瑪摺好這封信，說：

「她出發去遠征考察了。」

「據我所知，遠征考察是大事，

會有重大的發現⋯⋯ 之類的。」卡夫卡說。

「她不會回來了。」伊-兒瑪說。

整座公園裡都是光禿禿的樹，

就像是要伸手戳向灰色天空的肚子。

「有一天，我也會去旅行。」
伊兒瑪說：「我想騎駱駝。」
「要特別小心牠們吐口水。」
「這個我已經知道了。」

「無論你去到哪裡，都要帶著記事本和筆，
才能把你的探險記錄下來。」
卡夫卡說完，縮著肩膀咳嗽。
伊兒瑪等著。

卡夫卡挺直了身體，露出溫柔的微笑。
「那麼，再見了，伊兒瑪。」
「再見，卡夫卡先生。」

他們呼出的溫暖氣息，緊緊纏繞著
冷空氣，又漸漸被吹散……
其中一人會繼續遊戲、探險，
而另一人，終於可以沉沉睡去。

作者的話

　　一九二三年的秋天，法蘭茲・卡夫卡和朵拉・迪亞曼特同住在柏林。朵拉是卡夫卡最後也最真摯的愛人，她不嫌棄卡夫卡又病又窮，兩人一起度過知足、幸福的日子。這是卡夫卡一生都在追尋的生活。

　　有一天，卡夫卡和朵拉在公園散步時，遇見了一個正因為遺失娃娃而哭泣的小女孩。女孩的悲傷觸動了卡夫卡，他告訴女孩：娃娃並不是不見，只是去旅行了。接下來三個星期，他代替娃娃寫信給女孩；故事的力量，幫助女孩紓解了失去摯友的失落感。卡夫卡寫這些信所付出的心力，和他對待自己的作品一樣多。

　　多年後，傳記作家瑪塔・羅伯特在為卡夫卡寫傳記時，朵拉才告訴她這件事。人們試圖尋找那個女孩和那些信件，但沒有成功，女孩的身分依舊不明，信件也消失了。人們僅有的，就是朵拉陳述的內容。

　　朵拉說卡夫卡一度很苦惱，不知道該怎麼讓這個寫信的行動畫下句點，最後他決定讓娃娃結婚，開始過她自己的家庭生活。這一點多半反映出當時女孩看待世界的方式，以及社會對女孩的定位，因為一九二〇年代的女孩，除了結婚以外，對於未來沒有太多的選擇。不過，時代已經改變了，我覺得結局應該反映出這一點，讓孩子們（當然還有所有娃娃）知道，如今在廣大的世界裡，他們的未來有各種可能性；這也是我讓西西前往南極，進行科學考察的原因——就算有一天，西西在旅途中選擇要和她的伴侶一起探險，我覺得這樣也很美好。

　　至於西西的信，她的口氣全都來自於我，因為沒有人能夠模仿得了卡夫卡的文筆。我只希望這些信可以成功傳達卡夫卡的心意——希望撫慰一個孩子受傷的心。繪者蕾貝卡・格林選擇畫出卡夫卡送記事本給伊兒瑪，也是向勤寫日記的卡夫卡致敬；當他在寫故事時遭遇瓶頸，通常會透過寫日記來激發創意。

數十年來，卡夫卡和旅行娃娃的傳說，吸引人們不斷想像。人們印象中的卡夫卡陰鬱又嚴肅，如同他筆下的故事，但是這個傳說提醒我們，卡夫卡也有可愛、調皮的一面；同時，他也是一個體貼的人，會深切關心他人。

　　卡夫卡於一九二四年六月死於肺結核，那是他和朵拉短暫回到柏林快樂生活，不久後的春天。他的作品不會死去，而他的善良也是如此，我喜歡這麼想。

導讀

本書譯者/海狗房東

　　長久以來，作家卡夫卡給讀者的印象，不外乎是沉鬱、不安、疏離……，甚至常有人形容他的小說猶如迷宮或夢魘。中篇小說《變形記》應是他最廣為人知的作品，他似乎也像自己筆下變成巨蟲的青年，惶然無措，和家人、世界格格不入。不過這本《卡夫卡說故事》，卻讓讀者有機會看到截然不同的卡夫卡。

　　在卡夫卡離世前一年，某個秋日的午後，卡夫卡和當時的伴侶朵拉在街上散步，發現一個女孩在路旁哭泣，她因為弄丟了心愛的娃娃而傷心不已。卡夫卡知道了，對女孩說她的娃娃是去旅行，而不是遺失了。不只如此，娃娃還在旅途中寫信給她，要他轉交給女孩。

　　想當然，這是卡夫卡善意的謊言。不過，隔天卡夫卡真的帶了一封信給女孩，隨著日子過去，一封接著一封的信，捎來冒險途中的所見所聞，途經法國、英國、西班牙、摩洛哥、埃及，最後甚至遠征到南極。這些信件的內容都是卡夫卡杜撰的，而無論小女孩是否信以為真，終究還是得到了安慰。

　　卡夫卡也有這麼細膩、溫暖的一面。

　　這個故事「據說」是真實發生過的事，卻沒有任何文字紀錄，在卡夫卡留存下來的日記或隨筆中都沒有。雖然有點可惜，但也正因為無法百分之百重現，才在現代有了新的樣貌……

　　作者認為現代的女孩能在面對長大成人後的生活，應該擁有更多的選項，因此她選擇調整結局。而畫家也在故事的最終，以一張圖留下餘韻，以及更多想像的空間。

這個空間，是對於那段佚事後續發展的想像，也是每個女孩值得擁有、可以開創的人生壯旅。

　　即使本來不是卡夫卡書迷的成人讀者，或是尚未認識卡夫卡的孩子，都不會失去讀這本書的樂趣，甚至不將焦點放在作家卡夫卡身上也沒有問題；作者筆下的女孩，她面對失落的心理歷程，以及她與卡夫卡的互動，也很細膩動人。此外，無論是繪本中的女孩，或是在將近百年前，確曾在柏林與卡夫卡相遇的女孩，應該都不知卡夫卡是何許人也，但卡夫卡溫柔的心意，已點亮女孩心中的一隅；我也相信，看見一個孩子在悲傷中復原，對於距離人生盡頭不遠的卡夫卡，同樣是莫大的安慰。

　　人與人之間，最美的緣會，莫過於這類互相成全、以微光照亮彼此的小事啊。

卡夫卡生平簡介

法蘭茲‧卡夫卡出生於一八八三年。

他是一個中產階級猶太家庭的獨子，他們家住在布拉格（現在是捷克的首都），當時正值社會和工業都劇烈變化的時代。卡夫卡兒時是個敏感且討人喜歡的孩子，他有三個妹妹，而他特別疼愛年紀最小的妹妹奧特拉。他與父親的關係很疏離，他眼中的父親既嚴格又令人畏懼。

寫作是卡夫卡與生俱來的能力，他能在身邊的一切事物中找到靈感，寫成小說和短篇故事。家人和朋友、時事、周遭的環境，甚至工作（他在政府保險單位中擔任的律師）都是他的靈感來源。他非常熱衷寫信，也持續寫詳盡的日記。他一生經歷過幾段不同的戀情，直到遇見朵拉‧迪亞曼特。

卡夫卡在世時，出版過一些作品，獲得好評，但直到他過世後，才真正享有大名，這要歸功於朵拉和他的好朋友馬克斯‧布洛德。卡夫卡生前曾交代朵拉和馬克斯燒毀他的稿件，朵拉確實按照要求燒掉了一部分，但她也將其他的保留了下來；而馬克斯不僅沒有燒掉任何一張紙，還將它們出版，讓好友的作品廣為流傳，留給世人一份大禮。卡夫卡以銳利、追根究柢的眼光審視生命，他的中篇小說《變形記》，寫的是一個年輕人慢慢變成巨大的昆蟲，讓他的家人感到非常厭惡、恐懼的故事。

即使在卡夫卡過世將近一個世紀的今日，他作品的故事情節和主題，依然可以引發人們共鳴。有時，人生就是一段難以預料的旅程啊。

法蘭茲‧卡夫卡（攝於柏林，1923／1924年）
照片出處：Archive Klaus Wagenbach